푸른 겨울

푸른 겨울

신현구 지음

Gloomy Sunday가 들려오는 거리
역류했던 시간이 골목에서 휘어진다

좋은땅

자서(自序) ·······················

큰일이다

사는 게 점점 즐거워진다

차례 ✲

4부

1부

그대라는 묵음

그대가 부르는 노래가
나의 뜰에서 꽃을 피우던 계절엔
내가 잠시 나를 돌아설 수 있어 좋았다

안개에 기댄 우리가
지평의 끝으로 달리며 부른 노래들이
피지 않은 꽃의 이름을 지을 때는
삶이라는 이름이 싫지만은 않았다

그동안 우리는 얼마나 많은 경계를 향해 달렸던가
돌아서야 했던 길에선 얼마나 많은 내일을 불렀던가

그러나 지금은 묵음의 계절
후렴이 긴 침묵을 틀어야 하는 시간

이제 내겐
꿈같은 봄노래와

한여름의 짧은 합창이 있었고

내 귀엔 그 가을에 밀봉한 악보가 있어
홀로 부를 긴 겨울노래가 있지

붉게 번지다 검게 스미는 노래가
묵음으로 부르는 그대가, 있어
가만히 창가에서 듣는 지지 않는 밤이 있지

다시 물어도 되겠습니다

기다림이라는 따뜻하고 화사한 봄이 흘렀습니다

상사화 잎이 지고 꽃 피고 지고, 지금은 낙엽의 계절

꽃의 이름이 낙엽이었다는 것을 깨닫는 시간입니다

침침한 나의 눈은 당신을 읽지 못했고

어두운 귀는 당신의 소리를 듣지 못했습니다

먼 하늘을 보며 걷다 고개를 숙이고 무심한 거리를 봅니다

당신의 거리에는 알 수 없는 이름들이 자랍니다

빈 날과 마주 앉아 담배를 피워 뭅니다

파란 연기가 느리게 흔들리며 당신에게로 갑니다

당신은 가을을 지나 겨울의 문턱에 있습니다

꼭 봄이나 여름이 아니어도, 올해가 아니어도

당신을 생각하던 푸른 시간에 노을이 깃듭니다

그만, 이젠 그만

웅얼거리며 돌아섭니다

그러나 발길은 마음을 가져가지 못합니다

발길만 가져갑니다

서늘하고 뾰족한 생각이 들어섭니다

길이 위태로워집니다

말라가는 꽃의 몸짓을 당신은 알까요

올해도 상사화 뿌리는 한 겹 더 몸을 불리겠지요

"영원"이라고 했습니다

푸른 겨울

겨울이다
땀 흘리는 거리에 서 있어도

그대는 눈발 되어 몰려온다
그 겨울 몰고 와
알 수 없는 질문들 길목마다 세워 놓는다

어떤 질문도 지우지 못하는 나는
얼어붙는 시간이 된다
불 지핀 거리에서

겨울이다
시린 발이 없어도

때도 없이 불어오는 바람
물비늘 호수에 서면 눈 덮인 시간이 열린다

살얼음을 딛고 걸었던 우리

닿을 수 없는 날에 기억을 포개면

발끝을 타고 와 심장에서 번지는 한마디 말,

시려

어디에 있어도

사계절

나는 언제나 겨울이다

그대 푸르러

무성한 여름처럼 푸르러

여태, 푸르러

어딘가 네가 있어

오늘 아침 동해가 나를 불렀다
세 시간 반을 달려 도착한 동해역

기억 속 시간을 서성이다
지상에 맺던 바람 풀어 주고
돌아오는 기차에 다시 올랐다

가까이 바다가 있었으나
혼자 보기는 싫었다

송홧가루 자욱했던 오월 어느 하루
청량리행 기차를 기다리던 원주역에서
뿌연 하늘 바라보던 네가

혼잣말처럼 했던 한마디
'바다가 보고 싶다'

'그래 언제 한번 가자'

빈말처럼 던졌던 대답

두 마디 품에 안고 동해를 다녀왔다

지금 네가 사는 세상, 그곳에도

오월이면 아카시아가 피고

하늘 가득 송홧가루 날리는지, 오늘처럼

한나절이면 다녀올 수 있는 곳인지

이제 더는 묻지 않지만

어딘가 네가 있어

전화하면 받을 거 같아

빈방

들였던 방을 헐고

사람을 닫는 일로 마음이 저물던 시절

당신 앞에 머문 적이 있습니다

늦은 술자리 낡은 탁자에서

한 세상이 삐걱거릴 때

당신 눈빛이 나를 스쳐 갔습니다

그것은 흐르는 풍경을 보는 것과 같아서

나는 고요했습니다

그러다 당신 뒤에 걸린 거울을 보았습니다

거울 속엔 밤에 물든 격자무늬 창이 떠 있었고

외줄에 달린 갓등은 희고 가는 목을 비추고 있었습니다

거울 속 눈길이 당신에게 닿았습니다

그때 당신 눈이 내 눈에 들어왔습니다

나도 모르게 나는 천장을 바라보았습니다

천장을 보며 나를 읽었습니다

당신을 읽었습니다

촛불처럼 흔들렸습니다 그 순간

고양이 걸음으로 당신이 들어섰습니다

빈방이 있었습니다

늦은 기도

세차던 바람이 잠시 가라앉는다
이때 나무는 자기를 바로 세운다

하지만 바람은 이내 더 세게 불어온다
잎이 떨어질 듯 흔들리고 가지는 따라 출렁인다
굵은 줄기가 휘청거린다

그만, 이번 생엔 여기까지
나무는 먼 곳을, 먼 곳을 생각하려 하지만
바람은 더욱 거세지고 격렬해지고

태풍이다
생의

나무의 몸통이 흔들린다, 마침내
반쯤 뽑혔던 뿌리가 마저 들썩인다
생각은 이미 바람에 빠져 물속이다

이젠 기도할밖에

쓰러지지 않기를, 끝까지
작은 이파리 하나 떨어뜨리지 않기를
통속의 거리에

그러나
바람이라고 하기엔
너무 모진

시간의 등에 쓰는 당신

하루를 불던 바람이 시간을 지운다
돌아가는 바람이 흔적을 남긴다

다시 바람의 길을 읽는 시간까지
하루를 접는 몸짓이란

당신의 뒷모습을 바라보는 일
돌아선 당신의 앞모습을 생각하는 일

언젠가 당신에게 한 말을 들춰 보다
당신이 들려준 말을 잊었다, 오늘도
당신 등에 가만히 하루의 귀를 대본다

길의 끝으로 사라진 시간의 기억을
소리로 듣는다면 이럴까

어쩌면 당신이란 내가 혼자 쌓아 올린 성

내 삶에 퇴적한 시간이 만들어 놓는 화석

하루하루 당신을 걷던 시간과 사이사이
잠깐 멈췄던 순간과 성급했던 고백을 불러 본다
흘려 썼던 당신을 다시 적어 본다

그러나 마시다 둔 커피처럼
깊은숨을 쉬어야 볼 수 있는 희미한 향기
온기가 떠난 찻잔에서 맴도는 식은 소리

또 하루 당신이 돌아눕는 밤

차라리

어제 내가 생각한 당신은

내가 내 가슴에 든 것이어서

나는 설레며 가슴의 문을 열었었습니다

오늘 내가 생각하는 당신은

내가 내 가슴을 떠나는 것이어서 나는

내일의 시간으로 가슴의 문을 닫습니다

이렇듯 당신을 들고 나는 것이 내 가슴에 있어

나의 어제와 오늘은 항상 개었다 흐리곤 하는 것입니다

어제도 오늘도 나는

내 가슴의 문을 열었다 닫았다 하며

당신의 일기를 살피는 것입니다

그런데 오늘 예보가 내일은 비라고 합니다

그것도 시간당 백 밀리라고 하네요

어쩌면 좋을까요 나는

당신을 버릴까요

내 가슴을 버릴까요

아니

차라리 내일을 버리겠습니다

두물머리에서

마음

너는 어디서 왔니

어디로부터 와

나를 여기에

이렇게 세우는 거니

강물도 외롭다고

두 몸을 한 몸으로 합치는

이곳에

왜 나를 불러 세우는 거니

너 없는 이곳에서

불타는 가을강을 자꾸 바라보게 하는 거니

혼자

어쩌라고

누가 다녀간다

덩이덩이
눈송이 떨어지는
솔숲

고라니 한 마리 한참
사방을 살피더니
빈 밭으로 들어선다

잰걸음으로 흰 밭을
이리저리 다니다

제풀에 놀랐는지

마른 풀 하나 뜯지 못하고
숲으로 돌아간다

밭은 처음처럼 비워지고

나도 따라 비워진다

여리고 선한 눈망울이
기억으로 다녀가는 쓸쓸한 저녁

빈 밭에 남은 흰 발자욱들
그날처럼

참
선명하기도 하다

그 거리에서

수많은 像이 지나간다

한 像이 한 像과 포개진다

눈에 맺힌다

재가 되는 법을 가르쳐 준 불덩이

거리가 뿌예진다

눈 감으니

거리를 질러

달려온다

거리를 질러

달려간다

쿵 쿵 쿵 쿵쾅쿵쾅

눈을 뜬다

보이지 않는다

머리를 몇 번 흔든다

심장의 온도가 내려간다

간절함은 신기루

Gloomy Sunday가 들려오는 거리

역류했던 시간이 골목에서 휘어진다

그때처럼

거리가 온통 어둠이다

낮에 찾아오는 밤의 이유가 밝다

다시 심장에 가둔다

심장은 뛴다 멈추기 전까진

그것은 깊이 묻은 언어 오래전

길은 사라졌었다 이 거리에서 그러나

기다림은

때론

연어처럼 돌아오는 것도 있다

갈 수 없는 길

첫을 생각한다는 것은 홀로

나를 지나간 시간과 그대가 불러온 시간을 걷는 것이다

함께 걸었던 그늘과 햇살, 잦았던 긴 한숨과

안개 속을 떠돌던 숨결들을 떨리는 손으로 만지는 것이며

한 길을 걸었던 바람과 빛났던 절정의 순간을 기억하려

는 몸짓이다

첫을 생각한다는 것은 우리의

가슴과 가슴 사이에서 피었던 꽃의 온기로 돌아가려는

발길이며

넝쿨처럼 얽혔던 붉은 살덩이들의 아득함을 불러 보는

것이다

첫을 생각한다는 것은 그날

하나의 등에 머물렀던 손의 기억과

하나의 등에서 미끄러졌던 손의 언어를 되살리려는 것이며

어둠을 먹은 내일에 불을 지피려는 일이다

그리고 지금 그것은 오래전 끊어진
잔교의 끝에서 바라보는 건너편이다

사랑의 이면

지금이 아주 오랜 시간이 되는 날, 나는

낡은 기억의 한 페이지에서 너를 꺼내 읽게 될 것 같다

그때도 네가 쓰라림이어서, 네가 나의 전부여서

또는 내가 너의 일부여서가 아니라

네게 던진 질문이 너의 이마에 부딪혀 돌아오던 때의 반향

그 서리 같은 온도

맥없이 꺾인 시간의 허리,

그 허리의 고통

너 없이 돌아가는 길

내가 흘린 눈물이 가슴에 파 놓은 홈

잘린 나무가 상처를 감싸기 위해 뿜어 올리던 수액

그 투명하고 끈끈한 고통의 진액

다시 와도 끝내 무너지지 않을 시간

너와 나 사이에서 흐르던 견고한 침묵

그런, 사소해져 갈 흔적들을 들고

아무래도 그때의 나는

오늘을 꺼내 너를 읽게 될 것 같다

너와 내가 서로를 우리라 부르던 한 시절

나는 너의 앞을 보았고 너는 나의 뒤를 보았다

우리는

그대 품에 몸을 맡기는 것을 그리움이라 하면
그대 몸에 마음을 새기는 것은 아픈 일

달을 놓지 않는 지구의 인력처럼
오늘도 그대 밭에 씨를 뿌리는 나의 관성, 그러나
관성 속 나는 얼마나 허술한 인력이었던가

내가 세운 울타리 사이로는
얼마나 많은 후회와 한숨이 드나들었던가
저문 시간의 길목에선 또 얼마나 많은 바람이 시들었던가

그대는 떠났다 오늘도 아무 말 없이
타다 만 그리움의 잔해를 남기고

한없이 떠다니던 바람이 그대 품에서
다시 어둠을 넓힌다

안으로, 안으로 우는 소리 창밖으로 번진다

알 수 없는 시간에 알 수 없는 곳에서
우연히 만나

언제나
작별의 손짓 하나 없이 헤어지는 우리는

우체국에서

이름을 쓰고 주소를 적었다

누런 봉투 속에는
시집이 한 권씩 들어 있다

십여 권 보내는 데 걸린 시간은
삼십여 분 남짓

봉투 속에 들어 있는 것은
한 삶의 세상

부끄럽기도
부끄럽지 않기도 했던
그동안

책 속지마다
몇 줄씩 글이 쓰였고

그중 하나는 내용이 달랐다

입구를 봉하자
망설이던 시간이 속에서 입을 열었다

나만 알고 있는 이야기

나가려던 발길을 돌려
볼일을 보고
고장 난 변기의 물을 내린다

현관문을 열려다 말고
변기에 물이 차기를 기다린다

혹시나 다시 물이 흘러넘칠까
기다리는 것이다

계속 차오르는 물소리를 듣는데
한 사람이 떠오른다

누군가
자기의 밸브를 눌러 놓고
기다리지 않은 사람이 있었다던 사람

그 밸브가 잠겨지지 않아 지금도

새고 있다는 사람

여태 줄줄 흘러넘치고 있다는 그 사람

가끔씩 불쑥불쑥 나타나

나의 발길 돌려세우는 사람

내 속에서 죽어 이젠

내가 된 그 사람

패킹이 있었다

샌다
꽉 잠근 수도꼭지에서 물이 샌다
오랜 세월 물의 압력을 견디느라
마음이 닳고 몸이 헐은 패킹
어딘가 틈이 생겼는지
또옥 똑 떨어지다 마침내
좍 하고 쏟아지려 한다
소낙비처럼

새려 했다, 꼭지처럼
부풀고 달아올랐으나 이승의 멍에 속에서
늘 가슴속 관뚜껑에 갇혀 있던 말
견디다, 견디다
견디지 못한 시간이 한순간
패킹을 뚫고
와르르 한꺼번에 쏟아지려 했다
강물에 흘렀던 시간이 역류하는 순간과 마주하기만 하면

폭우처럼

그러나 언제나 또 다른
패킹이 있었다

당신은 먼 곳이다

그리움이었다가 기다림이었다가
한숨이었다가 환희였다가

다가가면 멀어지고 멈추면 기다리는
소실점 같은 당신은

찔레꽃
연분홍 꽃잎이었다가
꽃술에 맺힌 노란 새벽이었다가
푸른 줄기에 돋는 가시

오늘도 나는 찔레꽃
붉은 열매를 꿈꾸었으나
당신은 하루의 하구에서 모습을 잃는다

사랑은 차고 쓸쓸하지만
모진 것은

사랑이 사랑으로 끝나는 것

작은 방

얼마나 많은 삶이 다시 나를 찾아오지 않을지 모른다.

작은 방은 늘 고요하였다. 가끔 누군가 내는 낯선 소리가 들리긴 했으나 옆방에서 나는 듯한 그 소리는 너무 눌려 있어 마치 억지로 고통을 참는 환자의 신음과 같았다. 어쩌면 그것은 그 방에 틀어진 라디오나 텔레비전에서 나는 소리였을지 모른다. 그리고 그것은 어쩌다 한번 잔바람에 나부끼는 깃발과 같은 것이었다.

작은 방은 늘 어두웠다.
주변을 전혀 알아보지 못할 정도는 아니었으나 그렇다고 사물의 모습에 딱히 이름을 새길 만한 수준은 아니었다. 게다가 나는 조금 벌어진 창문 틈새로 설핏설핏 찾아오는 토막 난 빛들을 의도적으로 무시하였다.

작은 방은 늘 어둡고 고요하였다. 그곳에서 나는 고요와 어둠을 마시며 그대를 생각했다. 내 모든 갈망과 절망을 품은 그대를 기다렸다. 사랑일까, 아닐까, 집착일까. 아닐까, 그렇다. 아니다. 올까, 오지 않을까, 올 것이다. 아니다. 그러던 어느 한순간 기다림의 마디들이 모두 가시처럼 한곳을 향해 달려가고, 마침내 길고 긴 터널을 지나 그대가 들어서면 나는 어둠과 고요를 물리고 그대를 맞이하였다. 수도승처럼. 그 순간 그대와 나는 비로소 타인이지 않았다.

이윽고 그대가 지니고 온 시간과 그대가. 타인의 세상으로 돌아가고 빈방 가득 고요와 어둠이 바위처럼 번지면, 나는 내 삶의 눈금을 하나 추가하였다. 상심의 벽에. 그것은 언젠간 나를 떠날 그대를, 그대를 떠날 나를 위한 일종의 의식이었다. 그런 날이면 나는 다시 태어나야 했다.

내 작은 방에선 어쩌다 한번 그대가 태어나 기약할 수 없는 미래 속으로 사라졌다. 시간의 등에 매달려. 그대의 부재는 다시 새로운 어둠과 고요를 만들어 방을 채웠고 나는 그것으로 힘껏 설레었으나 늘 우울하였다. 내 사랑의 방식은 옳지 않다고 작은 방은 말했으나 그것은 그의 생각이었다.

삶의 분실을 두려워하고 있었다.

집착

가 버린 것을 있는 것이라고 부릅니다
어제를 지금이라고 부르는 것입니다

지나간 시간이 돌아옵니다
가지 않은 시간이 팔을 벌립니다

셋은 함께 울다 웃다
수렁에 빠져 곤죽이 됩니다

여전히 햇살은 따사롭고 세상은 잔잔합니다
경이롭습니다

곤죽이 된 것들에게 내일을 먹입니다
어제에 서 있는 오늘에 약을 주는 것입니다

그러나 시간의 약은 시간이라지만
지난 시간이나 지나는 시간이나

시간은 모두 내일로 발효될 뿐

한번 베인 상처는 내일로 낫지 않습니다
지워지거나 끊어지지도 않습니다

시간의 수렁에 빠져 있습니다 언제나
곤죽이 되어 당신을 치료 중입니다
나를 치료 중입니다

그러니 나는 끊임없이
죽은 나무에서 수액을 채취하고 있는 것입니다

더

깊이와는 상관없이
넓이와도 관계없이

내 생의 물음표와 느낌표
하나, 둘 당신 몸에 채워 넣으면
당신 모습 오롯이 드러나고
은밀한 미소 가득 필 줄 알았다

저녁이 등을 돌리고
밤이 선 채로 지나는 날에도
마른 가지처럼 발목 꺾이는 일만 없다면
새벽엔 당신에게 닿을 줄 알았다

어느 날, 내 안의 깊이와 넓이가
벗은 몸을 드러내 안팎이 어두워질 때까지

끝내 다다를 수 없다는 슬픔보다

내면을 보지 못한 상처가 더 깊었다

그런 일

1.

어둠 속에서 나를 기다리는 일

내가 바라보던 어둠이 내가 모르는 어둠으로 나를 이끌
때

돋아나는 한줄기 소름 같은 어둠

2.

어둠의 색이 어둠이 아니었다는 것을 알았을 때 만나는

내가 아직 어두워지지 않았다는 사실

3.

얼마나 더 어두워져야 너를 만날 수 있을까 생각하는 일

뼛속까지 들어오는 어둠의 한기를 느껴야 하는 일

4.

어둠 속 자모들이 어둠으로 부풀다 어둠 속으로 사라질 때
먼 산 소나무를 바라보는 일

그 소나무 밑에 앉아 있는 한 마리 사슴을 생각하는 일
그 사슴의 가죽 무늬를 그리다
몸속으로 들어가 사슴의 피를 마시는 일

5.

내 안의 어둠이 무슨 말을 한들 빛이 될 수 없다는 일
죽도록 요동치는 심장이 있어도
살아 있는 어둠 한 소절 노래할 수 없다는 일

6.

침묵, 침묵, 침묵,

어둠 속에서 익사하는 침묵의 행렬을 바라보는 일

7.
그런 일.

난독증難讀症

저마다의 몸짓으로

허공에

길을 새기다 사라지는

수억

바람의 행간들

바라보다

허공에 바람이 일더니

잎이 흔들렸다

고 읽었다.

오늘도

진달래

봄
발길 닿는 곳마다

연분홍 홑치마
활짝
펼치고 앉아

마치
모든 것을 내줄 듯

실바람에도
남실남실

꽃웃음 피워 올리는

너는
도둑

치명적인

봄

너는 울지 마라

어느 날 내가

낯선 거리에서 쓰러져도
너는 울지 마라

내가 흘린 눈물이
너의 길이 된다 해도

너는 울지 마라

어느 한때 쉬운 길이
내게 없었듯이

너 역시 어느 한때
쉬운 길이 네게 있었으랴

때

그는
그녀가 돌아왔다고 했다

그녀는
그 말의 뜻을 알아듣고

그리움

그토록
애타게 기다리던 당신

드디어 당신이
도착했다는 소식을 들었습니다

나는 부러 천천히

아주 늦게
당신에게 가기로 합니다

창

한밤에 돌아와 방에 전등을 켰습니다
어둠에 숨어 있던 것들이 몸을 드러냅니다

숨은 것들을 드러내 주는 등은 어떤 모습일까

등을 바라보았습니다
눈이 부서 바라볼 수가 없습니다

시선을 돌리니
발코니 창에도 등이 하나 걸려 있습니다

도입선, 지지선, 배기관…… 그들을 품고 있는 유리구와
유리구 안에서 몸 사르고 있는 필라멘트

잔상이 없어진 눈에 비로소
등과 불과 빛의 모습이 눈에 들어옵니다

천장의 등보다 사뭇 세세하고 떨리도록 정취 있습니다

임, 당신도 저러하시겠지요

나는 발코니로 나가 창에 가만히 손을 대어봅니다

2부

간현강 이야기

누가 있다
모래톱이 끝나는 강기슭
외딴 바위에

버들강아지 한껏 물 머금는 봄
두 다리 사이에 얼굴을 묻은 채
휘도는 물 내려보고 있다

자신의 몸으로 저 강을 넘치게 하려는 걸까

뜨는 별 등지고 앉아
울컥울컥 삶을 토하고 있다

눈을 뗄 수도 등을 돌릴 수도 없는
강(江)의 시간
바라보는데

일곱 살 기억이 물속에서 떠올랐다

내 검은 피와 살의 어머니, 그 여인도
간현강, 저기 저쯤에서 몸을 동그랗게 말고
늘 어제처럼 찾아오는 멍든 하루하루를
하염없이 바라보고 바라보곤 했었다던 말

네가 눈에 밟혔다던 말

그때 나는 너무 어렸다
너무 어려 아무것도 들을 수 없었다

훗날

한 걸음 한 걸음 바다로 나아갔습니다

사각이는 모래 밟으며 작은 파도 하나 넘으면

또 밀려오는 파도

그런 파도 서너 개 넘으니

발끝에 물의 허공이 생깁니다

이제 파도 하나 더 넘으면 먼바다

그러나 나는 돌아섭니다

그런데 당신은 이리하지 않으셨지요

그때 당신은 무슨 생각하셨는지요

나는 해변의 일들을 떨치지 못해 돌아서는데

당신은 어떻게 저리 무거운 세상을 그리 가벼이 만들었

을까요

모두가 검은 생각을 입었던 밤

반짝이던 당신 눈동자 어디에 두고 오셨던가요

단정히 졸라맸던 머리는 또 어떻게 푸셨는지요

바람과 바람이 난무하는 바다에서 당신을 생각하다 발길

을 돌립니다

해변의 아이들은 여전히 모래성을 쌓고

파도는 달려와 허물고

아이들은 또 쌓고

나는 모래성의 시간을 기록합니다

이젠 다시 보는 것과 보이는 것들의 세상

새로운 극이 막을 올리고 나는

생의 무대 위에서 당신을 한 번 더 보냅니다

그러나 저 물길 돌아 당신 다시 오시는 날

그때쯤이면 나도 당신 손 잡고

그동안 있었던 이야기 나눌 수 있겠지요

그럴 수 있겠지요

작용과 반작용

어느 한순간 갑자기

이해할 수 없는 것과 부딪게 될 때

가슴속에서 일렁이는 파동

고개 숙이면

찰나의 시간 아래 찰나의 침묵이 몸 밝히는 공간

사이와 사이에서 타오르는 은밀한 불꽃

묵음은 거리(距離)를 실어 나른다

층층의 기억이 어제를 가져와 내일을 묻는 순간

부동을 지으려는 눈동자 속에, 낮은 숨소리 속에,

얼굴을 숨기는 마음의 기술 나는 본다

지금에 음영을 씌우고 지울 수 있다면

남길 것이 있다면

막막한 가슴이 내일을 더듬을 때 만져지는

읽을 수 없는 물음표들의 행렬

이내 바람은 잦아들고 사이엔 어둠이 들어선다

오늘을 쓰지 않아도 내일이 읽히는 방

검은 시간 속에서 검은 새들이 검은 얼굴로 흘러간다

나는 내일의 얼굴을 연습하며 밤의 모습으로 돌아선다

오늘 나는

그런 줄은 알고 있었다

사람이란 게 본래 그런 존재이니까
나 역시 그런 존재이니까

그러나 그 말을
네게 들을 줄은 몰랐다

나 또한 네게
그런 말을 할 줄은 몰랐다

뼈가 아프다

귀향

꿈을 꾸고 있었다
꾸다가 깨면 다시 눈을 감았었다
내가 계속 한곳으로 흐르는 동안

시간을 통과한 사랑과 이별, 기쁨과 슬픔,
수많았던 욕망과 좌절, 한때 나의 전부였으나
지금은 한낮의 별이 된 것들이 물러갔다

빈자리로는 고요가 찾아왔다 거짓말처럼
고요 속으로 들어가니 땅거미가 차오르고 있었다

발목과 무릎, 허리를 적신 땅거미가 가슴을 지나
목으로 물처럼 차오르고 있었다

꿈 때문도 너 때문도 나 때문도 아니었다
한 그루 나무에 잎이 피었다 지는 것처럼
다만 때가 되었을 뿐

땅거미가 차오르고 있었다
짧은 꿈이 지나간 곳으로

어둠이 먹다 남긴 빛의 흐린 흔적이 알려 주었다
남은 것은 희미한 기억뿐이라고 그 기억도
곧 어두워질 것이라고

이제 돌아갈 때가 되었다고
시간의 손을 놓고

석물*을 세울 시간

무당벌레가 기고 있다 방충망에
등 가득 얼룩을 지고

마른 풀 하나 없는 이곳엔 왜
저렇게 작은 것에도 얼룩이 있다니

흘러간 어느 생을 보듯 그것을 바라보다
생각하다, 한순간

그것이 내 등에 매달려 있는 얼룩 같아
손가락에 있는 것 힘을 줘 일격을 가했다

졸지에 나락으로 떨어진 그것은
뒤집힌 채

더듬이로 몇 번 허공에 생을 젓다
바르르 다리를 떨며 경계를 건넜다

떨어진 자리가 무덤이 된 그것을 나는
무료한 오후 햇살을 보듯 내려보았다

거실로 들어와 시계를 보니 열한 시
아침을 먹지 않아서 그런지 배가 고팠다

이제 남은 일이란 밥을 먹고 화장실에 가는 일
그리고 어제처럼 다시 잠에 드는 일

* 석물石物: 무덤 앞에 세우는 돌로 만든 여러 가지 물건

세상에서 가장 아름다운 낙화
— 봄, 벚꽃들

알고 있었을 것이다
매운바람 견디며 망울 맺을 때부터

이미 알고 있었을 것이다
꽃들은

이 한철 지나면
지상에서 사라질 한낱이 되리라는 것을
다신, 그들의 세상이 올 수 없다는 것을

그들은 피기 전부터 알고 있었을 것이다

그렇지만 피어야 했고
홀로 져야 한다는 것을

그것이 우리의 운명이라는 것을
꽃들은 봄보다 먼저 알고 있었을 것이다

그러나 잠시
바람에 흔들리던 마음 허공으로 날리고

어느 누구, 슬픈 표정 하나 없이
춤을 추듯
지상으로 내려앉는 꽃잎들

가벼이, 가벼이 갈 길을 가는 꽃들

흙돌담

잡풀 무성한 길을 걷다 폐가를 만났다
그 옆에서 무너져 가는 흙돌담을 만났다

담쟁이 잎들로 빼곡한 담을 들여다보니
흉하게 파인 구멍들과 곧 굴러떨어질 듯
위태롭게 얹혀 있는 크고 작은 돌들이 보였다

한때 옹골진 몸으로 집안을 지키던
아침 햇살 같은 날들이 있었지만

지금은 파이고 헌 몸 추스르며
겨우 버티고 서 있는 흙돌담

바싹, 곁으로 다가온 때를
작은 담쟁이 잎으로 가리곤
짐짓 꿋꿋한 척 서 있다

그곳에서 나는 너를 보았다

네가 오기 전에 먼저 너를 보았다

내력

샛길이 없는 길, 돌아갈 수 없는 길. 떠밀리며 걸어 어느새 이곳에 다다랐습니다. 마침표가 찍혀 있는 경계 앞에서 그림자로 걸어온 날들 헤아리는데 누가 묻습니다. 저기까지 더? 어차피 저곳인데 왜? 그 질문 입에 넣고 음미하니 굳이 끝까지? 라는 맛이 납니다. 어쩌다 보니 여기까지 왔습니다. 여기까지 온 것도 어쩌면 기적입니다. 그 어쩌다의 우연과 어쩌면의 기적으로 겹게 도착한 요즘인데, 남은 시간이 까짓것 같습니다. 까짓것 같아, 까짓것? 하며 웅얼거립니다. 그러면 지금? 맞울림이 태어납니다. 손에 잡히는 길이 생깁니다. 우연도 기적도 등을 돌린 제삼의 길. 마침표의 역사가 마침표를 물어 오는 요즘입니다. 이럴 땐 내가 곧 무언가 해낼 수 있을 것 같습니다. 요즘 나는 내가 제일 무섭습니다.

고사목

껍질이 모두 벗겨지고
뿌리가 거의 다 뽑힌 커다란
고사목 하나

묘기를 하듯
둘레길 바로 위 허공에
걸쳐 있다

그 밑을 나는 대부분
잰걸음으로 지나지만

가끔 당신이 오는 날이면 나는
그 밑에 서서

육중한 나무의 몸뚱이와
삐죽삐죽 아래로 뻗친 창 같은 가지들을

한참 동안

쳐다보곤 하는 것이다

배움의 계절

친구가 매우 아프다는 첫 번째 카톡이 뜨자
모두 진심으로 위로하고 격려하는 답글을 보냈다

언제 병원에 입원한다는 두 번째 카톡이 뜨자
수술이 잘되기를, 용기를 가지라는
쾌유를 바란다는 등, 답글이 줄지어 올라왔다

얼마 후 수술 결과와 몸 상태를 자세하게 설명하는
세 번째 카톡이 올라오자 답글이 눈에 띄게 줄었다

아프다는 그 일, 남의 일이 아니라는 거
나도 그처럼 아플 수 있다는 거 언제든
입원해서 사투를 벌일 수도 있다는 거, 이젠
배우지 않아도 알 수 있는 나이

그러나 지금은 더 배워야 할 때
내게도 일어날 수 있는 일은 단지 아픈 것뿐만은 아니라

는 거

손가락 끝에서 시작해 손가락 끝에서 멀어질 수 있다는 거

불편하더라도 지금은 배우고 더 배워야 할 때

하지만 그렇더라도 감사하게

그것마저도 감사하게 받아들여야 한다는 걸

이젠 더 많이 더욱더 열심히 배워야 할 때

친구여

제주를 여행하는 동안

나는 행복했다
더할 나위 없었다

손주들은 시샘과 다툼까지 사랑스러웠고
아들 며느리는 마음을 다했다

그러나 나의 기쁨은
가는 곳마다 멈칫거렸다
너의 생각으로

술잔엔 너의 얼굴이 담겨 있었고
안주엔 우리의 추억이 깃들어 있었다

나의 웃음은 내내 슬픔을 머금고 피었다
가는 곳마다 나의 눈길은 곳곳이 얼룩졌다

잘 가라 친구여

가는 길 지키지 못해 미안하다

친구여, 아직 나는

하늘나래원*에 가 볼 용기가 나지 않는다

3부

홍시를 먹으며

풋내 나던 몸이 붉디붉게 달아올랐다
달아올랐다는 건 이젠 됐다는 몸짓

불 먹은 몸, 볼록한 꼭지를 물자
부드러운 살이 녹듯이 밀려든다
달콤한 살향 입안 가득 번진다

천천히 음미하며 밑으로 내려간다
절정의 시간

끝으로 간다
아쉬운 마음으로

그런데 갑자기 밑동에서
흙냄새가 역하게 올라온다

상했거나 곰팡이가 핀 곳

뱉으려는데 차마 뱉을 수가 없다

여태 자신의 온 생을 내게 아낌없이 내주지 않았던가

흙냄새 품은 시간도 너의 삶 아니었던가

실은 내 삶이 아니었던가

마저 먹었다 흙냄새까지

그곳에 오래

멀리 가는 길이 있었다

함께

단절

전화가 왔다
밤낮 같은 여자에게서

얼마 전 나눈 대화 가운데 하나였는데

여자는 분명히 말했다고 했고
남자는 전혀 듣지 못했다고 했다

그것에 대한
최종 결론을 내려는 것이다

여자가 단호했지만
남자는 침묵을 유지했다

먼 곳을 돌아온 전파가
귀에서 울려 퍼지는 동안

조금 열린 방문 사이로

여자의 목소리가 동시에 들려왔다.

반작용

함께 카페에 가면
그녀는 서로 다른 커피를 주문했다

뜨거운 커피를 호호 불어 먼저 맛을 본 다음
그중 하나를 내게 밀어 주었다 늘
이게 더 맛있다고

음식점에서도 마찬가지였다
앞접시에 이게 맛있다며 음식을 덜어 주었다

그러던 그녀가 얼마 전부터
그런 행동을 하지 않는다

부재

그의 가족과 친척들이 모였다

방엔 미리 꾸민 상과 현수막이 있었다

그 앞에서 그는 웃으며 사진을 찍었다

촛불을 껐다

박수와 축하 노래를 받았다

내내 꽃병 속 꽃 같은 이야기들이 피었다 졌고

넘치는 것들이 흘러 시간이 흥건했다

그는 고맙다는 말을 했다 진심으로

그리고 다시 각자가 되었다

한 생의 노을이 떠들썩했던 한때

어쩌면 그의 화양연화*

하지만 그는 없었다

25,185일

그날에 닿을 때까지

그 또한 그를 찾지 않았었다

* 화양연화花樣年華: 인생에서 가장 아름답고 행복한 시간

기차를 기다리며

기름을 친다 선로에서 정비사가
차축과 바퀴 사이 베어링에

바퀴와 축의 마찰력을 감소시켜
기차가 잘 달리게 하려는 것이다

그런데 저 기름을 베어링이 아닌
바퀴와 레일 사이에 치면 어떤 현상이 일어날까

너와 내가 오랜 세월
바퀴와 축으로 축과 바퀴로
삶을 실어 나르느라 고단했던 그 오랜 세월 동안

너와 내가 친 기름은 그동안
베어링을 적셨을까 아니면 레일을 적셨을까

요즘 부쩍, 축과 바퀴 사이에서

끼익 끼익 날카로운 마찰음이 잦아진다
레일 위에서 미끌미끌 바퀴가 미끄러진다
종점이 저만치 보이는데

너와 나는
여기까지 무엇으로 어떻게 달려왔는지
이러다 선로를 이탈하는 게 아닌지, 플랫폼에서
어제와 오늘 내일을 물어보았다

접사接寫*
— 쓸쓸한 이야기

모란을 찍었다

파란 꽃자루와 꽃받침 진분홍 꽃잎
속눈썹 같은 꽃술에 달린 노란 꽃가루, 불면
날아갈 것 같은 세상에 핀 맑은 새벽 한 송이
있는 대로 렌즈를 가까이 대고 오늘
하나하나 선명하게 오월을 접사했다

당신을 찍었다

나풀거리는 치마에서 춤추던 나비와 꽃들
하얀 목덜미에서 찰랑대던 단발머리의 속삭임
덧니가 부끄러 배시시 웃던 웃음과

꽃술 같은 속눈썹에 매달려
떨어질 줄 모르던 샛노란 가루 하나

그 앙증맞은 덩이가 묻혀 왔던 오월의 절정

설악산 입구
허리 잘록한 표주박이 엎어져 있던 샘물가였다
지금은 사라진
화장실을 다녀오면서도 수줍어하던 모습

있는 대로 기억을 끌어당겨 오늘 다시
그때를 접사했다

남기고 싶은 것이 있을 때
내일이 흐려질 때, 나는 접사를 했다
길을 다시 열었다

* 접사接寫: 사진을 찍는 대상이 되는 물체에 렌즈를 가까이 대고 찍는
  방법

주기

동영상을 보내왔다 아내가
처제 손자 백일에 다녀오는 모습이었다

늦은 밤 문래공원, 술 취한 나는
키가 186인 큰처남 옆에서 거죽처럼 걷고 있었다
무엇 때문인지 연신 고맙다는 말을 하며

그때 큰처남 아들 말이 들렸다
후후 귀여우서, 참 귀여우시다

주삿바늘 머리에 꽂고 인큐베이터에 있던 모습 어제 같
은데
기저귀 차고 아장아장 걷던 모습 선한데

그 애잔하고 귀여웠던 시간이 칠십 나를 귀엽다고 했다
제 아버지보다 더 큰 키로 내 뒷모습을 찍으며

하나의 주기週期가 완성되고 있었다

개안開眼

갑자기 시작되었다
과거에 대한 심문은
어떤 대화의 중간에서

남자는 자신의 잘못을 순순히 인정하고
회개한다고 했다

남자의 회개가 끝나자
여자가 말했다 나는 지금까지 당신에게
저지른 잘못이 하나도 없다고

그 말에 남자의 생각은 멈춰 섰다
잠시 후 다시 생각이 흐르기 시작하자
남자는 하늘을 한번 쳐다보았다 이어
자기가 서 있던 바닥을 내려다보았다

그리곤 입을 다물었다

조개처럼

그 남자 그때까진
그 여자의 광신도였다

빈자리

1

여기가 어디지?

왜 내가 여기 있지!

당신은 어디 갔지?

잠에서 깬 그녀는

꿈을 꾸듯

그를 생각하는 것이었다

2

그는 계속 모로 누워
쪽잠을 잤다

가로 210㎝, 세로 220㎝
킹사이즈보다 넓은 침대에서

항상 반 이상을 비워 놓고
바다 건너에 있는 그녀를 위해

의문부호

그림자로 나가 그림자로 떠돌다
돌아와 창가에 서면, 하루의 그림자들
유리에 잠겨 흔들리고 있네

하루의 그림자들 바라보며
오늘도 그늘처럼 서 있는 그림자 하나
그 그림자 움켜쥐고 또 하루 저녁을 쌓으면

종일 보이지 않던 사람 유리에 비치네
그렇게 찾으려던 사람 거기 서 있네
그림자로, 그림자로 서 있네

그림자를 지고
그림자로 걸었던 하루가 또 한 번
생에 그림자를 쌓고 있다

나는 언제쯤 배경을 버리고 나를 갖게 될까?

이번 생?

아니면 다음 생?

그것도 아니면 영원히?

아

40주년

꽃을 찍자
메모리카드 속이 환해졌다

당신을 찍자
마음속이 붉어졌다

놀랐다
깜짝

4부

호기심

봄이다

벚나무 가지마다
꽃망울 가득하다

꽃봉오리 하나 따
반으로 갈라 보았다

연두였다
맑디맑은 연두의 작은 덩이였다

말랑말랑, 촉촉
갓난아기 눈망울 같았다

차곡차곡
연분홍 어린 꽃잎
겹겹일 줄 알았는데

꽃잎 하나 보이지 않았다
여리디여린 기다림만 뭉쳐 있었다

한 번
피어 보지도 못한

어린 생명 하나가
손톱 끝에서 뭉개졌다

시선을 묻다

돌을 차 왼쪽 엄지발가락 발톱이 빠졌다

나머지 아홉 개의 발가락은 멀쩡하다

상처 하나 없다

그런데

나는 자꾸 다친 발가락에만 눈이 간다

당신이라면 어느 쪽을 바라볼까

하나일까

아니면

나머지 아홉일까

곰배령 개××

그러게 왜 욕을 하냐고
그의 부인이 하는 말이 들렸다

줄이 길었다
우린 한 명이 대표로 줄을 섰다
5분 정도 남기고 나머지 7명이 합류했다
우리 뒤로 밀리게 된 남자가 인상을 썼다
나는 단체 사진 1장만 찍을 거라며 양해를 구했다
그 남자 인상이 조금 펴지는 듯했다
차례가 되자 여자들이 자기들만 1장 더 찍겠다고 했다
여자들이 먼저 찍고
단체 사진 1장을 그 남자에게 부탁했다
그 남자가 딱딱한 목소리로 크게 말했다, 웃으라며
개새끼~~~
뜻밖에도 개새끼~~~였다
잠시 서로를 쳐다보던 우리 8명은 모두

입을 모아 함께 외쳤다

개새끼~~~

찍은 사진을 보니

우리는 모두 깔깔 웃고 있었다

1,164m 곰배령 표지석은 킥킥, 입을 가리고 웃고 있었다

너만?

전철이 들어왔다
젊고 날씬한 아가씨를 따라 탔다

끝자리에 앉으려는데 어떤 남자가 먼저 차지했다
아가씨 옆에 앉았다
아가씨가 한 좌석 더 떨어져 앉았다

두 정거장 지나자 끝자리 남자가 내렸다
얼른 그 자리로 가 앉았다

너만?
나도.

에어컨 바람이 더 시원해졌다

노을

무언가
새로운 일을 하기엔
너무 늦고

그렇다고
그냥 밤을 기다리기엔
너무 이른

저녁

노을 2

앞에서 끌던 수레를

뒤에서 미는 저녁

등에 걸리는 밤그림자

노을 3

부엌이 좁을 땐
식구가 많더니

부엌이 넓어지니
식구가 둘뿐이다

노을 4

여름 해는
일찍 뜨고
늦게 진다

겨울 해는
늦게 뜨고
일찍 진다

노을 5

세상에 당연한 것은

단 하나도 없었다

살아
여기까지 와 보니

꽃향기

아롱아롱
아지랑이에 들떠

꽃향기 달콤하다고
꽃에 함부로 코 박지 말아라

먼저 온 벌 꽁무니가
너를 기다리고 있을지 모른다

비밀

한 여자가 핸드폰에 대고
은밀하게 속삭였다 절대 비밀이라며
전철 안이었다

잠시 후 대화를 끝내기 전
여자는 다시 한번 다짐을 받는 듯했다

통화는 전파를 타고
기지국과 기지국을 거쳐 전달된다

둘의 대화는 이미 성층권을 지나
별나라까지 갔을 것이다

모양내기

새벽 5시 20분
산책 나온 두 여자

맞은편에서 다가오는데
주고받는 말이 들렸다

옥희는 항상 늦게 나오더라
얘, 걔는 좀 모양을 내잖니

스쳐 지나는데
진한 화장품 냄새가 풍겼다

남의 다리 긁기

방바닥이 서걱거렸다
비질을 하고 걸레로 바닥을 닦았다
그래도 서걱거렸다
한 번 더 닦았다
마찬가지였다

알고 보니 방바닥이 아니라
발바닥에 이상이 생긴 거였다

매사가 그랬다
평생

폭염

팔월 초하루
오후 두 시

아지랑이 피는
시멘트 마당

담 한 귀퉁이

붉은 쇠 말뚝에 앉으려던
잠자리

휙 다시 날아오른다

발바닥을 데었는지

뱅글뱅글뱅글
배 앵글

공중제비를 돌더니

비틀비틀
아카시아 그늘로 날아간다

어디에도 없었다

아침에 핀 노을이
정오를 거쳐
서산西山 너머로 졌다

저것이 평생 내가 찾던
여명黎明이었다는 것을

이젠 알겠다

시간이 나면 나는 빈방에 들었다.

그곳에서 끊임없이

시간에 떠가는 구름을 건져 올렸다.

구름은 잡기도 전 대부분

손가락 사이로 주르륵 흘러내렸다.

텅 빈 손에 담긴 허무를 만지다 보면

늦게 온 구름이 얼굴을 내밀었다.

구름은 시시포스의 바위였지만

나는 기꺼이 그 일을 반복했다.

그러자 아주 가끔 구름 하나가 손에 담겼다.

나는 그 순간을 가슴에 담았다.

그 순간 나는 순간 속에 있지 않았다.

다만 퇴색해 갈 뿐이었다.

삶이라는 순간 속에서 반짝 사라지지 않고

퇴색해 갈 수 있는 생 한 조각을 건지는 일은

얼마나 아름다운 행위인가.

나는 날마다 빈방에 들었다.

내 생의 구름 한 조각을 건지기 위해.

퇴색의 아름다움을 위해.

푸른 겨울

ⓒ 신현구, 2024

초판 1쇄 발행 2024년 3월 8일

지은이	신현구
펴낸이	이기봉
편집	좋은땅 편집팀
펴낸곳	도서출판 좋은땅
주소	서울특별시 마포구 양화로12길 26 지월드빌딩 (서교동 395-7)
전화	02)374-8616~7
팩스	02)374-8614
이메일	gworldbook@naver.com
홈페이지	www.g-world.co.kr

ISBN 979-11-388-2829-1 (03810)